ARTHUR,

OÙ
Le Dîner des sept Châtelains;

POËME
EN
TROIS PARTIES,

PAR FRANÇOIS FERTIAULT.

> .... Il est un mauvais ange
> Qui, pas à pas, suit l'homme, et souvent, en fureur,
> Lui souffle des pensers qui dévorent le cœur.
>
> (Ire PARTIE.)

PARIS.
IMPRIMERIE DE CASIMIR,
RUE DE LA VIEILLE-MONNAIE, N° 12.

1837.

ARTHUR,

OU

LE DINER DES SEPT CHATELAINS.

ARTHUR,

OU

Le Dîner des sept Châtelains;

POËME

EN

TROIS PARTIES,

PAR FRANÇOIS FERTIAULT.

.... Il est un mauvais ange
Qui, pas à pas, suit l'homme, et souvent, en fureur,
Lui souffle des pensers qui dévorent le cœur.

(Iʳᵉ Partie.)

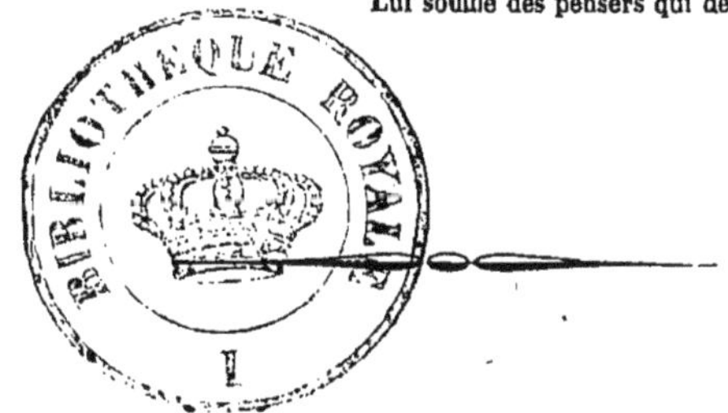

PARIS.

IMPRIMERIE DE CASIMIR,

RUE DE LA VIEILLE-MONNAIE, N° 12.

—

1837.

DEUX MOTS AVANT LE POËME.

Je regardais un paysage. La dame qui venait de l'achever me fait remarquer dans le lointain une montagne avec des ruines ; ce sont celles d'un ancien château. Une légende s'y rattache, et, racontée d'abord par une jeune personne dont la tante porte encore le nom des anciens châtelains, cette légende m'est racontée à mon tour. Elle me plaît, et je demande le nom du château et de la montagne. — Voilà comment m'est venue l'idée de ce poëme.

Maintenant, le fait est-il exact, historique? J'en doute. L'imagination est comme une filière; elle modifie tout ce qui passe par elle, et, pour ma part, je crois avoir assez amplement modifié. Cependant je vous ai conservé le fond de la tradition; à vous de demander à la tradition si elle est exacte, historique.... En tous cas, remettez à plus tard son classement dans la chronologie.

Voici en *deux mots* ce dont il s'agit. Sept frères habitaient un château, héritage paternel. Un château à partager entre sept n'est plus un château pour un seul, et l'ancienne opulence avait disparu devant la gêne. Les nouveaux châtelains la voyaient s'accroître tous les jours, et, comme ils s'aimaient d'une amitié forte et dévouée, chacun d'eux souffrait des peines de son frère. Chaque jour donc les attristait davantage, l'aîné surtout. Il s'aigrit, devient sombre; enfin, n'y tenant plus, il cherche et trouve un moyen de fai r cesser leur misère.... C'est ce moyen qui fait le sujet de ces trois chants.

Voulez-vous faire connaissance d'une manière plus intime avec mes personnages? Lisez; voici leurs noms et leurs épithètes :

ARTHUR, l'aîné. — Caractère franc, mais sombre et exalté.

DANIEL, le plus jeune. — Candide encore, aimant ses frères avec tout le charme de l'enfance, et particulièrement affectionné d'Arthur.

MARIA, jeune fille, leur parente. — Toujours élevée avec eux dans le château ; leur donnant des soins et les aimant d'un amour fraternels..., mais préférant peut-être Arthur.

Les autres, que vous appellerez si vous voulez :

GEORGES,
WILHELM,
ULRICH,
ALBERT,
Et RUDOLPH,

ne paraissent qu'ensemble, et n'ont pas de caractères bien dessinés.

Maintenant, *deux mots* encore, et puis ce sera fini. Mais rappelez-vous-les bien.

Dans le poëme vous rencontrerez deux noms : *Odile* et *Rosamoz*. Odile est le nom de la montagne sur laquelle est situé le château, et Rosamoz (que, par considération pour vous, j'ai mis au lieu de Ratzamhausen) est le nom du château. Ainsi : le *mont* Odile, le *château* de Rosamoz.... c'est bien entendu ?...

A présent vous pouvez lire.... un peu plus sé-rieusement, toutefois, que je ne vous le conseille; parce que mon poëme, je l'ai fait sérieusement, et que j'ai envie de rire en faisant cette préface.

Adieu. F. F.

ARTHUR,

OU

LE DINER DES SEPT CHATELAINS.

———•◦•———

PREMIÈRE PARTIE.

✸

DANIEL, accourant sur une des terrasses du château où Arthur
est accoudé.

« Ils sont partis tous cinq, Arthur ! ils sont partis !

Par leur meute à présent les bois sont investis.

Si tu les avais vus ! qu'ils avaient de courage !

Au sortir de la cour, ils marchaient par rang d'âge ;

Mais nul ne commandait ; en Dieu seul ils ont foi….

Car ils n'ont plus de chef depuis qu'ils vont sans toi.

Tous, avant de sortir, déploraient ton absence :

« Si nous avions Arthur pour guider notre lance ;

S'il venait, disaient-ils, nos coups seraient heureux !

Tu les feras douter de ton amour pour eux

Si, long-temps maîtrisé par ton humeur chagrine,

Tu les quittes ainsi. Quel ennui te domine,

Frère? D'où vient ce front soucieux et rêveur?

Pourquoi nous fuir toujours et cacher ta douleur?

Tu n'as donc plus d'amis, que tu vas, solitaire,

La confier aux vents? tu n'as donc plus de frère?

ARTHUR.

Daniel, laisse-moi.

DANIEL.

Tu m'écoutais, jadis.

Me hais-tu maintenant?

ARTHUR.

Laisse-moi, je te dis.

DANIEL.

Non.

ARTHUR.

Daniel! jadis vous saviez que mon âge

Demande obéissance.....

DANIEL.

Et le sais davantage

Aujourd'hui, sire Arthur. Aussi, j'obéirais

Si le duc et mon frère étaient un peu moins près ;

Mais le duc chasserait ce Daniel qui t'aime,

Que mon frère bientôt l'irait chercher lui-même.....

C'est la peine de moins.

ARTHUR.

Eh bien! que me veux-tu?

Je n'ai rien à te dire.

DANIEL.

A ton air abattu

On le devine.

ARTHUR, avec un mouvement d'impatience.

Tsei !...

DANIEL.

Quand, la tête baissée,

On nourrit d'un chagrin sa pénible pensée ;

Quand on a fui long-temps les mots consolateurs

Que des frères voulaient donner à ses douleurs ;

Quand ils cherchent pourquoi tu ne sais plus sourire,

Ils se trompent, Arthur ; on n'a rien à leur dire !

ARTHUR.

Tu sais bien que je t'aime.

DANIEL.

Et c'est pour le prouver

Que tu me?...

ARTHUR.

Daniel, ne va pas achever.

Plus qu'un autre, c'est toi que mon bonheur réclame...

DANIEL.

Dis-moi donc quel nuage a passé sur ton âme,

Quel orage a surgi dans le fond de ton cœur,

Et je veux sur ton front rappeler ce bonheur.

Tu ne me réponds pas?

ARTHUR.

Tu sauras tout, bon frère ;

Mais de ces noirs pensers avant de me distraire,

Je veux à Maria confier quelques mots.

Veux-tu l'aller?...

DANIEL.

Merci ! ce nom vient à propos !

ARTHUR.

Frère, tu sauras tout ; je t'en donne promesse.

DANIEL.

Tu sais qu'à t'obéir en tout temps je m'empresse

Quand du moindre serment que tes lèvres me font

Tu me donnes pour gage un baiser sur le front.

ARTHUR.

Quand j'ai promis, tu sais, jamais je ne varie;

Reçois ton gage double et fais monter Marie. »

Et comme un jeune faon Daniel est parti.

Arthur penche en ses mains son front appesanti,

Rappelle ses douleurs un instant effacées,

Et laisse aller son âme à ses tristes pensées.

Quel fiel a donc coulé sur ce cœur généreux?

Quel est donc le tourment qui le rend malheureux

Cet homme, qu'on voit, seul, se maudire sur terre,

Et qui s'épanouit aux caresses d'un frère?

Ce n'est point à l'amour qu'il peut devoir ses maux;

Car il touche à cet âge où le cœur en repos,

Las des émotions qui long-temps l'agitèrent,

Cherche un bonheur plus calme et que nuls vents n'altèrent,

Et de sa Maria, qu'il aime et qu'il attend,

Sa bouche a dit le nom du plus paisible accent.

A la haine non plus Arthur n'est point en proie;

Dans ses frères il a toujours trouvé sa joie,

Toujours il les aima; si loin d'eux son ennui

Le pousse maintenant; s'il ne lui faut que lui,

C'est qu'Arthur s'abandonne à quelque mal étrange...

Prends garde, Arthur, prends garde! il est un mauvais ange

Qui, pas à pas, suit l'homme, et souvent, en fureur,

Lui souffle des pensers qui dévorent le cœur :

Pensers qu'on croit d'abord un rêve, une chimère,

Faciles à chasser comme l'herbe légère

Que le pied dissémine aux deux bords du chemin,

Mais qui couvent dans l'âme, et, grandissant soudain,

Après avoir versé goutte à goutte leur lie,

Comme un venin mortel empoisonnent la vie...

Mais, non ; depuis long-temps ton sein s'en est nourri ;

Ton front s'en est bercé ; ton cœur.... il est aigri,

Malheureux ! et je crains que cette aigreur mortelle

N'atteigne d'autres cœurs qu'elle emporte avec elle !

Ah ! qu'as-tu fait, Arthur ? quelle flamme ont tes yeux !

Comme sévèrement ils regardent les cieux !

Pourquoi donc les cacher dans tes mains ?... Mais, silence

Sur la dalle sonore une femme s'avance ;

C'est Maria. Sans doute à ses désirs aimants

Arthur va cette fois confier ses tourments.

Écoutons.

MARIA.

« Me voici. Vous m'avez demandée

Quand à venir vous voir je m'étais décidée.

ARTHUR.

Me voir?

MARIA.

Oui.

ARTHUR.

C'était bien, Maria; car, vois-tu,

Sous un chagrin pesant...

MARIA.

Vous êtes abattu.

Je devrais bien peut-être en savoir quelque chose;

Mais vos frères de même en ignorent la cause.....

Je n'interroge pas.

ARTHUR, vivement.

Mes frères, as-tu dit?

MARIA.

Oui, ces cinq étrangers, fils d'Arnold.....

ARTHUR.

Oh ! maudit

Soit le jour où mon père, hélas ! vaincu par l'âge,

Nous laissa ce château pour unique héritage !

Mieux eût valu pour nous perdre tout et...

MARIA.

Mourir,

N'est-ce pas ? Ciel ! Arthur, vous savez peu souffrir !

ARTHUR.

Si je souffrais seul !

MARIA.

Ah ! vous aurez, par prudence,

Mis quelques étrangers dans votre confidence.

ARTHUR.

Maria, ce reproche est amer. Je croyais

Ton âme plus sensible aux maux que tu voyais.

Si parfois mon humeur a pu vous sembler dure,

Je ne méritais pas néanmoins cette injure,

Et tu devrais rougir d'avoir eu ce soupçon.

Il fallait.... mais qu'importe, après tout? Eh bien! non,

Je ne souffre pas seul, non ; ma tête brisée

A vu sur d'autres fronts son horrible pensée ;

Mes frères.... ce sont ceux qui souffrent avec moi!

Mes frères, Maria ! — Mon trouble, mon effroi,

Tous les soucis cuisants qui m'ont jusqu'à cette heure

Lentement poursuivi dans ma triste demeure,

Tous mes chagrins, mes maux et ces moments d'ennui

Qui me faisaient lever au milieu de la nuit

Et chercher du repos dans les lieux solitaires ;

Tous mes tourments, enfin, ils étaient pour mes frères :

Car, si tu veux qu'ici j'abaisse ma fierté,

Ce qui me fait souffrir, c'est notre pauvreté !

Oui, Maria, c'est là le malheur de ma vie ;

De ce penser hideux j'ai l'âme poursuivie ;

Je maudis chaque jour Odile et son château....

Que devenir, dis-moi? nous sommes nés trop tôt! »

Là, comme au crépuscule on voit brunir la plage,

Vous eussiez vu d'Arthur s'assombrir le visage.

Il fut silencieux un moment ; puis, soudain,

De Marie étonnée il a saisi la main :

« Tu le vois, Maria, quelle est notre existence ?

Chacun de nous courbé sous un travail immense ;

Mes frères obligés d'aller, la lance au poing,

Chercher les animaux dont nous avons besoin,

Et souvent au lion disputer sa curée

S'ils veulent, jour par jour, voir la nôtre assurée ;

Moi devant tout cela succombant ; Daniel

S'affligeant avec moi ;... toi-même, ange du ciel,

Toi, belle et noble dame, illustre suzeraine,

Qui devrais de ces lieux marcher la souveraine

Et dépenser tes jours en de riches loisirs,

As-tu rien qui réponde à tes moindres désirs ?

Châtelaine-vassale, au fond de ce domaine,

Tu tournes le rouet, tu façonnes la laine;

S'il est de vils travaux, ces travaux sont les tiens.....

Que mes jours soient amers, Maria...!

MARIA.

Sans les miens?

Toujours le même, Arthur!

ARTHUR.

Et les jours de mes frères?

Faut-il qu'ils soient aussi remplis d'heures amères?

Puis-je donc plus long-temps supporter?...

MARIA.

Mais, Arthur,

Si leur mal, à chacun, leur paraissait moins dur;

Si ton esprit chagrin grossissait leurs souffrances;

Si leurs ennuis étaient moins lourds que tu ne penses;

Et si moi-même, ici, pour prix de mon labeur,

A calmer tes tourments je trouvais mon bonheur?

ARTHUR.

Ces mots-là, Maria, sont bien doux à l'oreille.

Oui; mais ce sont des mots!

MARIA.

                    Ton doute se réveille?
Eh bien! n'y crois pas.

ARTHUR.

                    Si; je croirais bien aux tiens,
A ta belle âme, à toi; mais, vois-tu, les liens

Qu'assure le bonheur, la pauvreté les use.

On souffre quelque temps; mais bientôt on accuse.

La gêne aigrit le cœur; on se fuit; puis un jour

On rencontre la haine où l'on croyait l'amour.

Mes frères, je le sais, se plaignent en silence.

Je ne dis point qu'en eux ce sentiment commence;

Au contraire, je crois; ils vieilliraient ici,

Leur amitié, sans doute, y vieillirait aussi :

Mais n'est-il pas un jour où, sortant du jeune âge,

Chacun doit d'une amie embellir son voyage?

Qu'auront-ils à donner pour mériter leur main?

Chacun un pan de mur, un pouce de terrain;

L'un un donjon ruiné, l'autre une ou deux tourelles;

Un autre..... ce sont là de belles dots pour elles,

N'est-ce pas? ils pourront, opulents châtelains,

Étaler leurs trésors devant tous nos voisins!...

Ce manoir, qui, jadis, suffit à notre père,

N'a plus pour possesseur un seigneur solitaire;

Nous sommes sept! Crois-tu qu'en sept parts morcelé

Il puisse nous mener où mon père est allé?

Non! nous serons toujours malheureux! »

                                        Il s'arrête.

Dans les mains de Marie il a penché sa tête.

Mais soudain, relevant un front moins soucieux,

Son regard plus limpide a monté droit aux cieux ;

Un éclair de bonheur a brillé dans son âme...

C'est donc ton influence, ô bienfaisante femme,

Qui dans cette âme sombre a fait passer le jour ?

Consoler, on le voit, est l'œuvre de l'amour.

Comme un homme éclairé d'une vive pensée,

Arthur, l'œil vers le ciel et la tête avancée,

Arthur allait parler, lorsque, prompt comme un trait,

Messager gracieux, Daniel apparaît.

Les marches, de ses pieds n'ont pu garder l'empreinte ;

De la cour, en un bond, il a franchi l'enceinte,

Et ses pas par les vents sont à peine suivis :

« Frère ! dit cet enfant joyeux, au pont-levis !

Nos frères ! nos chasseurs ! leur retour se prépare !

J'ai de loin entendu la première fanfare ;

Un léger tourbillon, je crois, m'est apparu,

Et pour te l'annoncer je suis vite accouru.

Ai-je bien fait? » Arthur n'attend pas qu'il achève ;

Il attire vers lui Daniel, qu'il soulève,

Et, posant sur son front un baiser plein d'amour :

« Pour prix de ton message ! — Oh ! c'est un heureux jour

Que celui dont nos yeux contemplent la lumière !

Daniel, Maria, ce jour qui nous éclaire

D'un feu révélateur a pénétré mon sein.

Oui, oui, j'accomplirai ton sublime dessein,

Grand Dieu ! donne à mon cœur la force et le courage ;

Tu verras si ton fils est grand dans ton ouvrage ! »

Mais des chasseurs plus près le cor a retenti.

« Eh bien ! dit Daniel, t'ai-je bien averti ?

Je cours au devant d'eux. » Arthur est dans l'attente ;

Maria... Tout à coup la fanfare éclatante

Dans les airs ébranlés fait voler ses accords.

Ils sont là. Cent bravos mêlés aux voix des cors

Sont du plaisir de tous le bruyant témoignage.

Arthur est descendu. Chacun d'eux se dégage,

Et vient tendre la main à ce frère adoré.

« Le gibier sous nos coups tombait à notre gré,

Dit l'un ; tu vois combien la chasse fut heureuse.

Tu n'as donc pas souffert aujourd'hui ? moins rêveuse

A donc été ton âme ?

ARTHUR.

Oui, mon ciel est plus clair ;

Jadis il avait l'ombre, aujourd'hui c'est l'éclair.

Une pensée a lui, frères. Jamais personne

N'aurait pu l'enfanter dans mon sein qui bouillonne,

Si ce n'est Dieu.... Mais, paix ! Dieu, pour être écouté,

Demande plus de pompe et plus de majesté.

Qu'un festin se prépare et brillant et splendide ;

Avec nous désormais l'opulence réside....

Plus de gêne !... des biens !... frères, vous m'entendez,

Des biens?... des biens par nous si souvent demandés !

Hâte-toi, Maria, tu seras châtelaine.

Mets nos sept coupes d'or sur la table de chêne ;

Donne à chacun de nous ses plus beaux vêtements ;

Qu'à ton cou suspendus brillent tes diamants ;

Va, préside à ces soins. — Et vous, mes forteresses,

Tressaillez dans la terre ! Étale tes richesses,

Château de Rosamoz ! Fleurs, embellissez-vous !...

Jamais semblable jour ne reviendra pour nous ! »

Arthur s'arrête là. Dans sa tête exaltée

Une image soudain par une autre est heurtée.

Ses frères étonnés le regardent ; mais rien

Ne peut leur révéler d'où ce parti lui vient.

Marie est déjà loin ; sous ses mains tout s'apprête ;

Tout sera fait bientôt.

LES FRÈRES D'ARTHUR, étonnés.

« Quelle est donc cette fête?

ARTHUR, à part, bas et rêvant.

Nous le laisserons seul.... et nous l'enrichirons....

LES FRÈRES, inquiets.

Mais qu'est-ce donc, Arthur?

ARTHUR.

Ce soir nous dînerons. »

SECONDE PARTIE.

Et le soir est venu. Comme au temps fortuné,

De son brillant manoir Odile est couronné.

Rosamoz appauvri, par les soins de Marie

Vient de ressusciter sa pompe ensevelie ;

Ses murs ont retrouvé leur éclat d'autrefois;

On voit de tous côtés s'étaler à la fois,

Vieux débris vénérés d'une antique opulence,

Et les festons soyeux, que la brise balance,

Et les amples rideaux avec leurs franges d'or

Descendant jusqu'à terre et s'y traînant encor.

Sur les dalles, qu'hier on foulait toutes nues,

Les étoffes de laine à flots sont répandues,

Ouvrages de Marie avec art achevés,

Et pour les jours de fête au château conservés.

Depuis long-temps, hélas! ils gisaient inutiles.

Arthur, as-tu bien fait de les sortir ?... Tranquilles

S'ils fussent demeurés encore un peu de temps....

Mais non; tu crois du ciel, depuis quelques instants,

Dans ton sein agité ressentir l'influence;

Va, mène jusqu'au bout ton projet qui commence;

Accomplis ton dessein; mais songe que souvent

Celui qui conçoit mal succombe en achevant;

La voix qu'on croit de Dieu peut être un faux langage,

Et l'air pur d'un beau jour peut couver un orage.

Cependant du festin les apprêts sont finis.

Les convives bientôt.... mais tous sept réunis

Ils entrent. De leur front, suivant son habitude,

Arthur a su chasser la triste inquiétude ;

Car dès qu'un léger vent emporte son chagrin

Leur chagrin se dissipe. Ils se pressent la main ;

Puis, s'approchant gaîment du vieux banc circulaire,

Ils vont tous s'attabler au meuble centenaire

En ordre et tour à tour, laissant à leur aîné

Le rang qu'à chacun d'eux son âge a destiné ;

Sur le siége d'honneur Arthur est à leur tête.

Mais avant que les chants s'élèvent de la fête ;

Avant que l'or rougi, courant de main en main,

A chacun ait porté les flots fumeux du vin ;

Avant qu'autour de lui sa famille empressée

D'Arthur mystérieux ait connu la pensée,

Suivons un peu Marie : elle va, sans parler,

Dans son appartement, rêveuse, s'isoler.

Sortir ainsi ! son cœur porte un poids qui lui pèse.

Par les larmes souvent la tristesse s'apaise,

Et Maria, sans doute, a besoin de pleurer :

« A quels pensers, mon Dieu, faut-il donc me livrer?

Dit-elle, dans ses mains abaissant son visage;

Qu'attendre avec Arthur? que croire? quel présage

Tirer de ses discours? Par hasard, aujourd'hui

J'avais vu tous mes soins pénétrer jusqu'à lui;

Déjà je commençais à consoler son âme,

Et peut-être... mais non; ce soir il m'a dit : « Femme,

Dès qu'ensemble au banquet tu nous verras marcher,

Tu nous laisseras seuls.» — Que veut-il me cacher?

S'il n'avait à parler que du bien de ses frères,

Pour sa tendre Marie aurait-il des mystères?,

M'aurait-il défendu de paraître au festin?

Quand je lui dis: «Pourquoi?» le ton vague, incertain,

Qu'il mit dans sa réponse, et sa figure sombre,

Sur laquelle semblait se projeter une ombre....

Je ne sais, mais cela m'occupe malgré moi;

Je ne puis de mon sein éloigner quelque effroi.

Tantôt il a parlé de projets, de fortune....

Que voulait-il nous dire? hélas! il n'en a qu'une,

Mon amour, et je crois que son cœur exalté

Pour elle de soucis n'est guère tourmenté.

Ses frères inquiets ne pouvaient le comprendre....

Qu'est-ce donc que, sans moi, ce soir va leur apprendre?

Plus mon esprit confus cherche à se rappeler

Comment il est parti, plus je me sens trembler;

Sa voix, en sons coupés, s'échappait de sa bouche,

Et son mot: « Au revoir! » était presque farouche.

Arthur ! oh ! je voudrais faire un pas jusqu'à toi....

Mais non ; je resterai. Tu le veux ; je le doi.

D'ailleurs, n'ai-je pas vu ton sourire à tes frères ?

Si l'on peut s'étonner de tes mœurs singulières,

Dans leur franchise au moins l'on rencontre un abri ;

Et, plein d'un noir projet, tu n'aurais pas souri. »

Et par ce doux penser, Maria rassurée,

De son mal un instant se trouve délivrée.

Puisse-t-elle long-temps conserver ce repos !

Paix et calme à son cœur ! Pour nous, des chants nouveaux ;

Le sombre châtelain, le rêveur solitaire,

Arthur va dévoiler son terrible mystère.

Dans un toste chacun à l'envi s'est mêlé.

La coupe héréditaire a déjà circulé,

Et, d'un vin généreux leur portant le breuvage,

Échauffé leur esprit et trempé leur courage.

Seul, et de sa raison ménageant la vigueur,

Arthur a tempéré l'enivrante liqueur :

« Ce jour est beau pour nous, frères; que vous en semble?

Vous souvient-il d'un jour qui nous ait vus ensemble

Au milieu d'un plus large et plus noble festin?

Quand vos yeux ont-ils vu de plus riche butin?

Cet or, qui sur la soie en guirlandes s'étale?

Ces feux éblouissants qui remplissent la salle?

Ces laines, ces tapis ruisselant sous vos pieds?...

UN DES FRÈRES.

Nous avons par ce jour bien des jours oubliés.

PLUSIEURS.

Oh! frère!

ARTHUR.

N'est-ce pas que cette fête est belle?

DANIEL, à part.

Voyons à son serment s'il restera fidèle.

ARTHUR.

N'est-ce pas que ce luxe?...

TOUS.

Est digne d'une cour.

ARTHUR.

Vous êtes donc contents?

TOUS.

Frère, c'est un beau jour!

ARTHUR, devenant tout-à-coup sérieux.

Oui, mais c'est le premier, quand chaque matinée
Devrait nous ramener une telle journée.

WILHELM.

Puisqu'il vient aujourd'hui, frère, n'en parlons plus.

ARTHUR.

Avant ce jour heureux quels jours nous sont échus?

Combien en avons-nous passé dans la misère!

Et combien après lui! Demain seulement...

RUDOLPH.

Frère,

Tu réveilles en nous un triste souvenir.

ARTHUR.

Demain même! oui, demain! le voyez-vous venir

Avec nos autres jours si plein de ressemblance,

Pauvre, ayant dépouillé ses marques d'opulence,

Ou bien nous étalant quelques lambeaux dorés

A travers des vitraux ou des murs déchirés?

Demain, n'ayant plus rien pour notre nourriture?

Demain, vous forçant tous d'aller à la pâture

Mendier aux forêts leurs rares habitants?

Demain, venant troubler, comme depuis long-temps,

Ce calme et ce bonheur dont jouirait notre âme

Si nous avions ici les biens que je réclame?

Le voyez-vous venir ce terrible demain,

Ce fantôme hideux, des haillons dans la main,

Du festin d'aujourd'hui nous rapportant l'image?

Me voyez-vous plus sombre et souffrant davantage

En songeant que les jours qui suivront celui-ci

Verseront à nos cœurs un plus amer souci?

Voyez-vous...

ALBERT.

Ciel! Arthur, ta parole fait peine.

ARTHUR.

Devant tant de malheur a-t-on l'âme sereine?

DANIEL.

J'ai cru qu'à ce banquet nous devions l'oublier.

ARTHUR, surpris de ce mot, puis comme par un mouvement d'enthousiasme.

Eh bien, donc, oubliez-le!

RUDOLPH.

Et toi?

ARTHUR.

Moi, le premier :

Buvons ! Que dans ces flots notre raison s'égare !

Buvons à ce destin qui pour nous se prépare !

Buvons à tous nos maux !

TOUS.

Frère !...

ARTHUR.

Frères, buvons

Au chagrin dévorant qui sillonne nos fronts !

Nos cœurs saignent ; buvons ! il nous faut du délire !

Versez ! et si le vin ne pouvait y suffire ,

Eh bien ! frères d'Arthur, buvez aux jours affreux

Que vont lui préparer ses frères malheureux !

TOUS, *subitement attristés.*

Oh ! c'en est trop ! finis.

WILHELM.

A quelle triste fète

Nous as-tu convoqués ?

ULRICH.

Notre bonheur s'arrête.

DANIEL.

Il n'en est point pour nous.

ARTHUR.

Ah ! vous en convenez !

Vous convenez des maux que Dieu nous a donnés !

Vous souffrez donc , enfin ?

RUDOLPH.

Une peine cruelle.

ARTHUR.

Bien ancienne en vos cœurs?

RUDOLPH.

Elle n'est point nouvelle ,

Frère ; depuis long-temps nous....

ARTHUR.

Vous la nourrissez.

Vous ne m'avez rien dit , et pourtant je le sais.

Je sais ce que chaque heure et que chaque journée

Ont porté d'amertume à votre âme obstinée ;

Je sais... Eh ! je sais tout ! Dans un pénible effort ,

Vingt fois j'ai , comme vous , ou maudit notre sort ,

Ou juré de finir....

WILHELM.

Sans savoir comment faire.

ARTHUR , précipitamment.

Si quelqu'un eût pour vous éclairci ce mystère ?

3

Si quelqu'un vous eût dit : Je puis vous délivrer,

Il ne faut qu'obéir ?

RUDOLPH.

Tout prêts à l'adorer,

Nous eussions à genoux attendu sa parole......

Mais quel consolateur?...

ARTHUR.

C'est moi qui vous console !

Ce que vous eussiez fait, le feriez-vous encor ?

TOUS.

Frère, nous le ferions.

ARTHUR.

Prenons nos coupes d'or. »

Et tous se sont levés D'une main délirante

Ils ont saisi leur coupe , et leur voix éclatante

Se mêle au bruit de l'or que l'or a fait vibrer.

« C'est bien , frères; c'est bien , et j'osais l'espérer.

Mais attendez un peu si vous voulez me croire ;

Ce vin est le dernier... il n'est pas temps de boire.

Je sais , vous que mes vœux ont toujours trouvés prêts ,

Que vous iriez partout où je vous mènerais ;

Que , pour me soulager, vous sauriez , par le monde ,

Du plus lointain ruisseau prendre et m'apporter l'onde ;

Que vous sauriez souffrir.... mais si c'était plus fort

Ce qu'il faut aujourd'hui?

TOUS.

Quand ce serait la mort !

ARTHUR.

Elle-même !

TOUS.

Est-ce toi que cette mort délivre?

Toi qui dois être heureux? toi qui dois nous survivre?...

ARTHUR.

Non, non; ce n'est pas moi, frères; c'est un de nous.

PLUSIEURS.

Et lequel?

ARTHUR.

Je l'ignore encore comme vous.

Un de nous doit rester; chacun s'y peut attendre;

Mais désigner lequel?... le sort va nous l'apprendre.

Dans ce beau dévoûment pour un noble avenir,

En victimes tous sept nous allons nous offrir.

Pour qu'il reste de l'arbre un rejeton qui brille

Sur les autres on voit se lever la faucille;

Eh bien! la mort ainsi se lèvera sur nous,

Et sur six au hasard fera tomber ses coups.

(Petite pause.)

Un de nous va rester riche, heureux, sans partage,

Possédant à lui seul ce commun héritage;

Un que nous aurons fait grand et puissant seigneur;

Un qui nous bénira dans le fond de son cœur,

Et dira quelque jour dans ses heures prospères :

Je dois tout mon bonheur à l'amour de mes frères!

TOUS.

Oh! frère, à ce mot-là nos cœurs ont tressailli!

ARTHUR.

Oui; mais au lieu de sept, un seul aura vieilli....

TOUS.

Passant dans les plaisirs ses brillantes années.

ARTHUR.

Vous ne regrettez pas ces dernières journées?...

TOUS.

Qui n'auront jamais eu de si beaux lendemains.

ARTHUR.

Vous mourrez donc joyeux?

TOUS, d'un cri unanime.

La mort?

ARTHUR.

Est en nos mains.

De ces sept coupes d'or, que nous tend le courage,

Six ont reçu la mort dans leur fumeux breuvage;

Seule, une est sans poison. Quand le moment viendra

Nous fermerons les yeux.... heureux qui la prendra!

Qu'un hymne maintenant termine cette fête. »

Et lui-même il l'entonne et chacun le répète :

LE CHANT DES SEPT FRÈRES.

« Adieu, manoir légué par nos aïeux,

Vieux Rosamoz, qu'habita notre père !

Adieu tes tours, tes donjons spacieux !

Ta pauvreté va nous fermer les yeux ;

C'est par la mort que l'homme échappe à la misère.

Tes murs étroits ne pouvaient contenir

Du châtelain la nombreuse lignée;

Nous étouffions; il fallait en sortir :

Avec nos jours tous nos maux vont finir...

Tu reprendras bientôt ta puissance oubliée.

Chants de bonheur, ébranlez ce séjour !

Voyez, amis; tout chagrin peut se taire.

Oh! c'est au ciel que nous devons ce jour!

Nous irons tous y porter notre amour....

Car c'est gagner le ciel que mourir pour son frère. »

Puis se levant : « Adieu, frère! — Wilhelm, adieu!

— Adieu, mon Daniel! — Adieu, nous tous! — Et Dieu

Nous reçoive!... » Et les yeux détournés et loin d'elles,

Ils prennent au hasard dans les coupes mortelles.

« Frères, leur dit Arthur, qui de joie a tremblé,

Avant que le poison dans nos seins ait coulé,

Avant qu'il ait fermé notre bouche glacée,

Écoutez-la, voici ma dernière pensée.

Je laisse Maria; Maria, dont l'amour

D'un jour chargé d'ennuis savait faire un beau jour;

Mon bon ange, ma sœur, la vôtre... je la laisse;

Mais au nom de la mort qui sur nos fronts s'abaisse,

Mes frères, mes amis, nous allons tous jurer

Que celui que de nous le sort va séparer,

Entourant de respect cette enfant solitaire,

Deviendra son soutien, l'aimera comme un frère,

Songera tous les jours à consoler son cœur...

TOUS.

Frère, nous le jurons! il fera son bonheur.

ARTHUR.

Merci! »

Puis, dans l'amour dont leur joie est empreinte,

Ils se tiennent serrés de leur dernière étreinte ;

Ils approchent leur coupe, ils s'embrassent encor....

Sept, hélas! l'ont vidée, et six ont bu la mort!

« Frères, tout est fini. Je n'ai plus rien à dire.

Pensif et recueilli que chacun se retire,

Attendant sans témoins dans son appartement

Ce que Dieu va vouloir dans un pareil moment.... »

TROISIÈME PARTIE.

Eh bien! Arthur, voilà ta mission remplie!

Voilà tes vœux comblés et ton œuvre accomplie!

Te sens-tu bien heureux? et ton cœur transporté

Savoure-t-il enfin toute sa volupté?...

Laissons encore un peu s'agiter notre scène ;

Suivons l'événement que l'heure nous amène ;

Et quand elle aura fui, fasse le ciel , hélas !

Qu'Arthur épouvanté ne se repente pas !

Les bruits des derniers chants ont effrayé Marie.

Elle accourt , et , sans force : « Arthur, oh! je t'en pri e ,

Si tu veux m'épargner de mourir, apprends-moi

Ce qui vient d'arriver, ce qui se passe en toi.

D'affreux pressentiments j'ai l'âme tourmentée ;

Je crains... j'ai peur... je tremble...

ARTHUR.

Oh ! sois moins agitée ;

Ce n'est rien.

MARIA.

Mais, Arthur, tu ne veux pourtant pas

Que je tombe mourante et glacée en tes bras....

Qu'avez-vous projeté?...

ARTHUR.

Rien.

MARIA.

Que va-t-il se faire?

ARTHUR.

Moins encor.

MARIA.

C'est en vain; je connais ton mystère.

ARTHUR.

Que sais-tu?

MARIA.

Je sais tout, imprudents, qui chantez
Sans savoir si par moi vous êtes écoutés!

ARTHUR.

Malheureuse! ici près qui t'a permis d'entendre?

MARIA.

Mon cœur battait si fort... il m'a fallu m'y rendre.

Puissent les quelques mots qui me sont parvenus

N'être pas ceux , Arthur, que vous avez tenus !

ARTHUR.

Il s'agissait ?...

MARIA.

Oh ! non ... c'est faux.... pourtant je tremble....

Il s'agissait.... de boire.... et de mourir ensemble !...

Vous n'accomplirez pas ce funeste projet,

N'est-ce pas ? Pour mourir il faudrait un sujet,

Une cause.... et vous tous n'avez rien , j'en suis sûre....

Dis-moi donc quelque chose , un mot qui me rassure ;

Chasse donc ma frayeur....

ARTHUR.

Tu sus nous dévoiler,

Marie ; il n'est plus temps de rien dissimuler :

Ta frayeur est fondée.

MARIA.

Et j'ai donc tout à craindre?

ARTHUR.

Plus rien.

MARIA.

Ai-je compris?

ARTHUR.

Je t'ai dit ne plus feindre.

Notre vie est remise entre les mains de Dieu....

Je venais, Maria, te donner mon adieu.

MARIA, déconcertée d'abord, puis avec force.

Que m'as-tu préparé pour que je te le rende?

ARTHUR.

C'est à notre destin assez de notre offrande;

Tu restes, Maria. L'un de nous reste aussi : —

A vous deux le bonheur qui vous attend ici !

(Après une petite pause, à part et levant les yeux au ciel.)

Seigneur, auquel de nous vas-tu laisser la vie?

MARIA.

Un de vous?... moi?... rester?... mais j'ai peine...

ARTHUR, plein de gravité et lentement.

Marie,

Voici bientôt l'instant où le ciel va parler.

Comme un autre, au tombeau sa voix peut m'appeler....

Adieu!... viens à genoux; cette heure est la dernière,

Il faut bien l'employer; mettons-nous en prière;

En attendant la mort restons ici tous deux....

J'aurai besoin de toi pour me fermer les yeux.

MARIA, hors d'elle.

Arthur, c'est donc l'enfer qui vint troubler ton âme?

Qui donc, si ce n'est lui, put t'inspirer?...

ARTHUR, exalté.

Moi! femme;

Moi, favori du ciel, éclairé du Seigneur;

Moi, qui vous aime tous; moi, pour votre bonheur,

Pour celui d'un de nous...

MARIA, ne lui donnant pas le temps d'achever.

Qu'as-tu dit, tout à l'heure?

Tu veux mourir, Arthur, et que moi je demeure,

Et ta voix me prédit joie et félicité !...

Mais de tes sentiments lequel t'est donc resté?

ARTHUR, sans l'écouter.

Pour celui d'un de nous, qui, comme notre père,

Va jouir à lui seul de cette noble terre.

Pauvres, nous souffrions ; riche, il va...

MARIA.

Voilà bien

Ce dont j'eus la frayeur si long-temps en mon sein !

Je te craignais toujours, ô terrible pensée,

Fatale ambition dont son âme est blessée ;

C'est toi qui l'as perdu ! — Tes frères, malheureux !

Ton cœur a donc chassé son amitié pour eux ?

4

Tu parles de bonheur; est-ce pour les entendre

A leur dernier soupir que bientôt ils vont rendre?

Tu ne les vois donc pas , défigurés , pâlis ,

Pour ton caprice , Arthur, se tordre sur leurs lits ,

Ensanglanter leur sein que le poison déchire ,

Et prononcer, mourants , ton nom pour le maudire?

ARTHUR.

Me maudire?... Eux , Marie?... Oh! je n'y songeais pas !....

Le mal va leur livrer d'effroyables combats ;

Ils vont... — Oui , mais celui que le ciel en préserve ,

Celui que pour ami notre amour te conserve ,

Qui dans la mort aussi se croit enveloppé ,

L'attend : quand il verra son noble espoir trompé ;

Quand il dira : c'est moi , moi qui reste et dois vivre!...

Oh ! je voudrais déjà savoir qui va survivre ,

Qui je vais rendre heureux ; car de bon cœur, je sens ,

J'endurerai pour lui les douleurs que j'attends.

Mais qu'entends-je? ce cri, c'est bien lui qui le jette,

Daniel? — O mon Dieu ! ta volonté soit faite;

Mais, si j'avais un vœu qui te plût aujourd'hui,

La plus longue carrière à fournir est à lui;

Fais... » Mais il n'a pas dit, que Daniel arrive;

Ses traits sont contractés, une souffrance vive

Le déchire, il se tord : « Arthur!... » sa faible voix

L'empêche d'appeler ce nom plus d'une fois.

Arthur passe, effrayé, sa main sur ses paupières :

« Toi mourant, Daniel ! toi !

DANIEL.

Comme eux.

ARTHUR.

Quoi ! nos frères?. .

DANIEL.

Ils sont morts... sans adieu de leur aîné.... mais moi....

Je n'ai pas pu mourir... sans un adieu de toi !

ARTHUR, désespéré.

Daniel, ils sont morts! morts, et toi qui succombes!

Et c'est moi dont la voix aura peuplé vos tombes!

Moi dont l'amour fatal!...

DANIEL.

Ta main, frère....

ARTHUR.

Oh ! mon Dieu !

DANIEL.

Arthur, si c'est pour toi... je suis content... Adieu! »

Et sa main, tout à l'heure avec ardeur pressée,

Quitte celle d'Arthur et retombe glacée.

ARTHUR, dans une exaltation délirante.

« Pour moi, dis-tu? Pour moi? Non, détrompez-le tous;

Non, ce n'est pas pour moi, mes frères; c'est pour vous.

C'est pour vous, n'est-ce pas? Vous allez me répondre...

Oh! dût sur moi le ciel tomber et me confondre,

C'est pour vous , c'est pour vous !... » Et comme un insensé

Par tout l'appartement il court; d'un pas pressé

Vole, en les appelant, à leur chambre ; l'entr'ouvre....

« Ah !... » Son œil se détourne et son bras le recouvre :

« Des cadavres , Marie! O mes frères !... Leurs traits

Décomposés , hideux... Oh ! si tu les voyais !

Ils serraient tous les dents comme pour un blasphème ,

Et j'ai cru voir sur moi tomber leur anathème.

Mes frères, mes amis morts par moi, c'est affreux!

Et je les ai toujours là , là devant les yeux !

Qui donc a détourné la coupe empoisonnée?

Qui donc m'a préservé? Que ne m'es-tu donnée,

Toi qui me fais envie, ô mort? Que ne viens-tu

Prendre et glacer mon cœur de regrets combattu?

Oui, moi, si sous ta main j'avais courbé la tête;

Si j'étais un des six que frappa cette fête,

Celui qui resterait, en creusant mon tombeau,

Ne dirait pas, au moins, qu'Arthur est leur bourreau !

Mais les voir expirer avec cette pensée;

Entendre contre moi leur âme courroucée

De concert me maudire et demander aux cieux

Vengeance!... oh! non; pardon! mon crime est odieux;

Mais c'est mon amitié pour vous qui s'est trompée:

D'un plus doux avenir sans relâche occupée,

Elle allait... Insensé! qui rêvais le bonheur

Sans songer que la mort enfantait tant d'horreur!

Et pour la contempler c'est encor moi qui reste!

Vous ne m'aviez pas dit, ambition funeste,

Fatal et vain désir, vous ne m'aviez pas dit

Que par leur voix mourante Arthur serait maudit,

Ni que, tué par lui, dans ces murs solitaires,

Il tiendrait embrassé le dernier de ses frères!..... »

Et, soulevant sa main, son regard égaré

Contemplait, sans le voir, Daniel expiré.

Il ne voit pas non plus la souffrante Marie

Qui s'est mise à genoux, dont la voix pleure et prie ;

Mais d'une terreur sombre en lui-même frappé ,

Dans le bourdonnement d'un esprit occupé

Il écoute de Dieu la voix intérieure.

Point de larme à ses yeux ; c'est son âme qui pleure ;

Point de geste à ses bras ; point de signe à ses mains ;

Sa voix ne vibre plus dans ses poumons éteints :

Seulement sa poitrine , à de longs intervalles ,

Pousse de lourds soupirs , et , sous l'arceau des salles ,

Dans un murmure sourd vous eussiez entendu :

« Voilà donc le bonheur que j'avais entrevu !... »

FIN.